Un día de ensueño

Por Dani Neiley

Ilustrado por Dee S. Kent

Necesito comer.

Necesito jugar.

Necesito bailar.

Necesito saludar.

¡Necesito volar!

Necesito ayudar.

Necesito cantar.

Necesito hacer una reverencia.

Necesito irme.

Necesito dormir.

Créditos de publicación

Rachelle Cracchiolo, M.S.Ed., *Editora comercial*
Nika Fabienke, Ed.D., *Directora de contenido*
Véronique Bos, *Directora creativa*
Shaun Bernadou, *Directora de arte*
Stephanie Loureiro, *Editora asociada*
Caroline Gasca, M.S.Ed., *Editora superior*
Jess Johnson, *Diseñadora gráfica*

Créditos de imágenes: Ilustraciones de Dee S. Kent.

Library of Congress Cataloging-in-Publication Data

Names: Neiley, Dani, author. | Kent, Dee S., illustrator.
Title: Un día de ensueño / por Dani Neiley ; ilustrado por Dee S. Kent.
Other titles: Fairytale day. Spanish
Description: Huntington Beach, CA : Teacher Created Materials, [2020] | Audience: Grades K-1.
Identifiers: LCCN 2019051859 (print) | LCCN 2019051860 (ebook) | ISBN 9780743927925 (paperback) | ISBN 9780743928076 (ebook)
Subjects: LCSH: Spanish language--Readers. | Fairies--Juvenile fiction. | Princesses--Juvenile fiction.
Classification: LCC PC4115 .N445 2020 (print) | LCC PC4115 (ebook) | DDC 468.6/2--dc23

TCM Teacher Created Materials
5301 Oceanus Drive
Huntington Beach, CA 92649-1030
www.tcmpub.com

ISBN 978-0-7439-2792-5